F. LACHÈVRE

L'ÉDITION ORIGINALE

DE

L'HISTOIRE COMIQUE

OU

VOYAGE DANS LA LUNE

DE CYRANO DE BERGERAC

PARIS

LIBRAIRIE HENRI LECLERC

219, RUE SAINT-HONORÉ, 219

et 16, rue d'Alger

1911

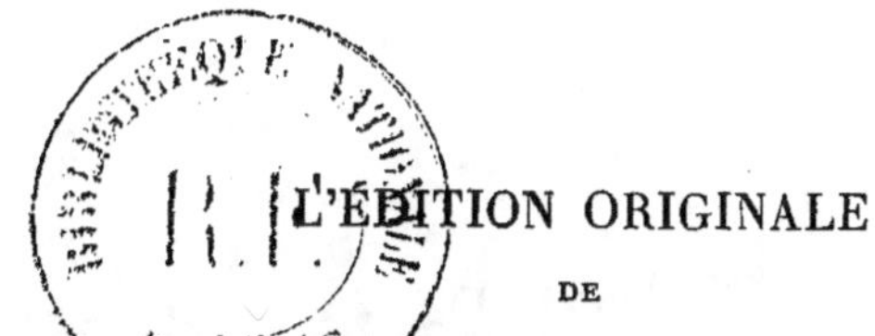

L'ÉDITION ORIGINALE

DE

L'HISTOIRE COMIQUE

OU

VOYAGE DANS LA LUNE

DE CYRANO DE BERGERAC

F. LACHÈVRE

L'ÉDITION ORIGINALE

DE

L'HISTOIRE COMIQUE

OU

VOYAGE DANS LA LUNE

DE CYRANO DE BERGERAC

PARIS

LIBRAIRIE HENRI LECLERC

219, RUE SAINT-HONORÉ, 219

et 16, rue d'Alger

1911

L'EDITION ORIGINALE

DE

L'HISTOIRE COMIQUE

OU

VOYAGE DANS LA LUNE

DE CYRANO DE BERGERAC

I

Si on veut connaître l'édition originale et les pre-
mières éditions de l'*Histoire comique* de Cyrano de
Bergerac, on consulte tout d'abord le *Manuel du Libraire* de Brunet, l'ouvrage classique en la matière.
Voici ce qu'il en dit :

« *Histoire comique ou Voyage dans la Lune* imprimé
s. d., vers 1650, in-12 et réimprimé dans le même
format en 1656, en 1659 et 1661. »

Où Brunet a-t-il pris cette indication de l'édition
de 1650? Certainement, elle lui a été fournie par
P. Lacroix dans l'*Avertissement de l'éditeur* de la réim-
pression de l'*Histoire comique des États et Empires de
la Lune et du Soleil* par Cyrano de Bergerac. Paris,
Adolphe Delahays, 1858 :

« *Histoire comique ou Voyage dans la Lune,* par
« Cyrano de Bergerac. S. l. et s. d. (1650?), in-12. »

« Cette édition, qui fut imprimée certainement sans
« privilège du roi dans une ville du Midi, soit à Mon-
« tauban, soit à Toulouse, n'est citée que dans le
« *Catalogue de la Bibliothèque du roi*, rédigé par l'abbé
« Sallier; voyez le t. II des Belles-lettres, p. 33,
« n° 703 A. »

Cette note est explicite. P. Lacroix n'a pas vu
l'exemplaire de la Bibliothèque nationale quoiqu'il ait
pris le soin d'indiquer Montauban ou Toulouse comme
étant les villes où l'*Histoire comique* aurait été imprimée
clandestinement.

Nous avons pu à loisir examiner cet exemplaire.
S'il est catalogué Y^2 9300, il a toujours au dos l'an-
cienne cote Y^2 703 A. Malheureusement pour P. Lacroix, on s'aperçoit, au premier coup d'œil, que ce
n'est là qu'un fragment d'édition et non une édition.
En effet ayant demandé quelques instants après : *Les* ||
OEuvres || *diverses* || *de Monsieur* || *de Cyrano* || *Berge-*
rac || marque représentant un cœur entouré de deux
anges avec au milieu du cœur J H̄ S ||. *Sur l'Imprimé* ||
A Paris, || *chez Charles de Sercy, au Palais,* || *dans la*
salle Dauphine, à la bonne Foy || *M.DC.LXI* (1) (1661)||
3 parties en un volume in-12, nous constations que
la soi-disant édition de Montauban ou de Toulouse
n'était autre que la première partie de cette édition de
1661, dépouillée de son titre et des feuillets prélimi-
naires.

(1) Il y a des exemplaires à l'adresse d'Anthoine de Somma-
ville. Voici la collation de cette édition : 6 ff. pour le titre,
l'épître dédic. à Mgr le duc d'Arpajon, le sonnet à Mademoi-
selle d'Arpajon, la table des lettres....; p. 1 à 191 : Histoire
comique; p. 1 à 344 : lettres de Cyrano de Bergerac; 2 ff.
blancs; p. 1 à 152 : Le || Pedant || joûé || comédie || A Paris ||
M.DC.LXI (1661) ||.

La première édition, s. d., vers 1650, est donc à éliminer.

Graesse, dans son *Trésor des livres rares et curieux,* après l'édition de 1650 dont il a copié la description dans Brunet, mentionne une autre édition, *Lyon, 1652,* in-18.

Cette pseudo seconde édition, nous l'avons eue en mains il y a quelques années, *Lyon, Fourmy,* mais la date de 1652 inscrite au titre résultait d'une erreur d'impression, l'achevé d'imprimer qui suivait l'extrait du privilège portant 1662.

L'édition de Lyon, 1652, est aussi inexistante.

Nous arrivons à la troisième, 1656, citée par le Père Nicéron (*Mémoires,* t. XXXVI, p. 233) :

« *Histoire comique des États et Empires de la Lune,* « *Paris, 1656*, in-12.

« M. Le Bret, ami de Cyrano, qui publia cet ou- « vrage après sa mort, mit à la tête une Préface où il « fait un récit assez étendu de la vie de Cyrano, mais « sans dates. Il y a de l'invention et du génie dans « l'*Histoire comique.* »

Nicéron est exact, sauf une légère erreur, 1656 au lieu de 1657. Nous sommes en présence, cette fois, de la véritable édition originale que possède la Bibliothèque nationale :

« Histoire || comique, || par monsieur || de || cyrano « bergerac. || Contenant les Estats et Empires || de la « Lune. || A Paris, || Chez charles de sercy, au || Pa- « lais, dans la Salle Dauphine, à || la Bonne-Foy cou- « ronnée. || M. DC. LVII (1657) || Avec Privilège du « Roy. || » (Bibl. nat., Y² 25400).

In-12 de 24 ff. n. chiff. pour le titre, l'épître dédic. : A Messire Tanneguy Renault des Boisclairs, Chevalier, Conseiller du Roi en ses Conseils, et Grand Prévost de Bourgogne et Bresse. Sig. Le Bret., l'Extrait du privilège du Roy, donné le 23 jour de décembre 1656, sig. de Cuisy, enregistré sur le livre de la communauté le 26 janvier 1657, avec achevé d'imprimer le 29 mars 1657 et la Préface (19 ff.). — P. 1 à 191 (au verso de la p. 191 : Fautes principales survenues en l'impression).

L'extrait du Privilège du Roy ne fait allusion à aucune édition antérieure :

« Par Grâce et Privilège du Roy, donné à Paris le
« 23 jour de décembre 1656. Signé : Par le Roy en son
« Conseil, de Cuisy. Il est permis à Charles de Sercy,
« Marchand Libraire à Paris, d'imprimer, faire im-
« primer, vendre et débiter, un livre intitulé, *Histoire*
« *comique, par Monsieur de Cyrano Bergerac,* etc.,
« et ce durant le temps et espace de cinq ans, à com-
« mencer du jour qu'il sera achevé d'imprimer pour
« la première fois. Et défenses sont faites à tous Im-
« primeurs, Libraires, et autres personnes de quelque
« qualité et condition qu'ils soient, d'imprimer, faire
« imprimer, vendre, ny débiter ledit Livre, sans le
« consentement de l'Exposant, ou de ceux qui auront
« droict de luy, à peine de trois mil livres d'amende,
« confiscation des Exemplaires contrefaits, et de tous
« despens, dommages et interests, ainsi que plus au
« long il est porté audit privilege.

« Registré sur le Livre de la Communauté le 26 jan-
« vier 1657, Conformément à l'arrest du Parlement
« du 9 avril 1653. Signé Balard, syndic.

« Achevé d'imprimer le 29 mars 1657.

« Les Exemplaires ont esté fournis. »

II.

Assurons-nous maintenant si les privilèges, les épîtres dédicatoires, les « avis au lecteur » des ouvrages de Cyrano de Bergerac imprimés avant 1657 sont muets sur l'*Histoire comique ou Voyage dans la lune*.

Le premier, c'est *La Mort d'Agrippine, tragédie,... Paris, Ch. de Sercy. 1654*, in-4. Le privilège daté du 16 décembre 1653 a été accordé pour : *La Mort d'Agrippine, tragédie, et un volume de lettres*. L'Epître dédicatoire à Mgr le duc d'Arpajon est sans intérêt, mais l'avis « Le Libraire au Lecteur » mérite d'être reproduit :

« Mon cher Lecteur, après vous avoir donné l'im
« pression d'un si bel ouvrage, j'ay crû vous devoir un
« volume des Lettres du mesme Autheur, pour satis
« faire entièrement vostre curiosité. Il y en a qui con
« tiennent des Descriptions : Il y en a de Satiriques :
« Il y en a de Burlesques : il y en a d'Amoureuses, et
« toutes sont dans leur genre si excellentes et si pro
« pres à leurs sujets que l'Autheur paroist aussi mer
« veilleux en prose qu'en Vers. C'est un jugement que
« vous en ferez, non pas avec moy, mais avec tous les
« hommes d'esprit qui connoissent la beauté du sien.
« Je fais rouler la Presse avec autant de diligence qu'il
« m'est possible pour vous en donner le contentement,
« et à moy celuy de vous faire advouër que je vous ay
« dit la vérité. »

Le second, c'est le volume de lettres annoncé dans le privilège et l'avis ci-dessus. Il a paru cette même année 1654, quelques semaines après *La Mort d'Agrippine*, sous le titre : *Les OEuvres diverses de M^r de*

Cyrano Bergerac. A Paris, Ch. de Sercy, in-4, avec un nouveau privilège daté du 30 décembre 1653. L'achevé d'imprimer est du 12 mars 1654. Ces *OEuvres diverses* comprennent les lettres de M. de Bergerac, les lettres satyriques de M. de Bergerac de Cyrano (sic), les lettres amoureuses de M. de Cyrano Bergerac (sic) et la comédie *Le Pédant joué* avec un titre et une pagination particulière.

L'épître dédicatoire est rédigée sur le ton de banalité ordinaire, il n'y a pas d'avis au Lecteur.

Le silence continu de Cyrano sur l'*Histoire comique* apparaît significatif, il laisse supposer que l'auteur n'était pas encore disposé, à la veille de sa mort, à la mettre au jour et on s'explique facilement sa réserve depuis que l'on connaît, grâce au manuscrit de la Bibliothèque nationale, les passages cyniques et même obscènes supprimés par son ami Le Bret.

Restent deux arguments invoqués par P. Lacroix qui militeraient en faveur d'une édition de l'*Histoire comique* antérieure à 1650 :

Le fameux sonnet « A l'auteur des Estats et Empires de la Lune des *OEuvres poétiques du sieur de P...* (de Prades), Paris, Pierre Targa, 1650 ».

Le passage du « Denombrement où se trouvent les noms de ceux qui m'ont donné leurs livres (1) » de l'abbé de Marolles.

Voici le sonnet :

Ton esprit qu'en son vol nul n'obstacle n'arreste
Descouvre un autre Monde à nos Ambitieux,
Qui tous esgallement respirent sa conqueste,
Comme un noble chemin pour arriver aux Cieux.

(1) Mémoires de Michel de Marolles, abbé de Villeloin. Amsterdam, 1755, t. III, p. 259.

Mais ce n'est point pour eux que la palme s'appreste,
Si j'estois du Conseil des destins et des Dieux,
Pour prix de ton audace, on chargeroit ta teste
Des couronnes des Roys qui gouvernent ces lieux.

Mais non, je m'en dédis, l'inconstante Fortune,
Semble avoir trop d'empire en celuy de la Lune,
Son pouvoir n'y paroist que pour tout renverser.

Peut-estre verrois-tu dans ces demeures mornes,
Dès le premier instant ton estat s'éclipser,
Et du moins chaque mois, en retraissir les bornes.

Ce sonnet signifie simplement que de Prades ayant
eu communication, avant 1650, du manuscrit de
l'*Histoire comique*, s'était empressé d'adresser à Cyrano, en guise de remerciement, cette pièce laudative,
pour être placée dans les feuillets liminaires de la première édition ; il avait fait mieux : si P. Lacroix avait
lu l'épigramme qui suit le sonnet dans lesdites *OEuvres
du sieur de P...*, il aurait vu qu'elle traitait du même
sujet :

AU PELERIN REVENU DE L'AUTRE MONDE

J'eusse fait un plus long ouvrage,
Sur ce grand et fameux voyage,
Dont ton livre nous fait rapport,
Mais ma veine la plus feconde
Se glaceroit à ton abort,
Et dès-ja je me juge mort
A voir les gens de l'Autre monde.

Et de Prades ne s'est pas contenté de ces deux
pièces ! Il en a commis une troisième qui se lit en tête
du Ms. de la Bibliothèque nationale (nouv. acq. fr.,
4558) signée R. de P. (Le Royer de Prades) :

A L'AUTEUR DES ESTATS ET EMPIRES DE LA LUNE
OU DE L'AUTRE MONDE

Epigramme.

Accepte ces six meschans vers
Que ma main t'escrit de travers
Tant en moy la frayeur abonde,
Et permets qu'aujourd'huy j'esvite ton abord
Car autant qu'une affreuse mort
Je crains les vens de l'autre monde.

Après la disparition de Cyrano, Le Bret, l'éditeur de l'*Histoire comique*, a négligé les vers du sieur de Prades, on ne sçaurait l'en blâmer.

L'assertion de Michel de Marolles :

« Un jeune homme de Paris, appellé Cirano, qui « n'avoit que trop de cœur et d'esprit parce qu'en effet « il le portoit quelquefois dans l'excès, me donna son « livre du *Voïage de la Lune* qui est une pièce ingé- « nieuse, et sa tragédie d'*Agrippine*. »
serait, à elle seule, décisive, si l'abbé de Villeloin n'avait pas été sujet, comme la pauvre humanité tout entière, à des défaillances de mémoire. Il a rédigé le « Dénombrement où se trouvent les noms de ceux qui m'ont donné leurs livres, ou qui m'ont honoré extra- ordinairement de leur civilité » dans lequel figure le passage ci-dessus, postérieurement à 1674 (il y est question de la mort de Conrart arrivée le 23 septembre 1674), c'est-à-dire plus de dix-sept ans après la publi- cation de l'édition originale de l'*Histoire comique* et vingt après la tragédie d'*Agrippine*. Qu'une confusion se soit produite dans l'esprit d'un vieillard de soixante- quatorze ans, qu'il ait placé l'*Histoire comique* (elle lui a peut-être été offerte par Le Bret en 1657) à l'époque

où Cyrano lui avait apporté son *Agrippine,* la chose n'a rien d'invraisemblable et a bien des chances de répondre à la réalité. Dans ces conditions, il nous paraît prudent de ne pas nous fier au témoignage de Marolles. Nous nous décidons à l'écarter, c'était cependant le seul vraiment sérieux produit par P. Lacroix.

III

L'erreur de P. Lacroix sur l'édition originale de Cyrano vers 1650 n'avait nulle importance, nous l'aurions rectifiée sans citer son nom, mais le commentaire dont il a entouré la bibliographie des *Œuvres de Cyrano* a fait son chemin et celui-là on ne peut le passer sous silence. Il a convaincu nombre de personnes que l'anéantissement des ouvrages de Cyrano a été poursuivi de son vivant, au lendemain de sa mort et pendant cent cinquante ans par des hommes noirs groupés sous le titre de *Confrérie de l'Index.* Le morceau de P. Lacroix a trop d'allure, il est trop dans les traditions voltairiennes pour ne pas mériter les honneurs de la reproduction et.... de la mise au point. Évidemment le jour où le spirituel bibliothécaire de l'Arsenal l'a écrit, il avait sur sa table le roman d'Eugène Sue, *Le Juif errant :*

« Les œuvres de Cyrano de Bergerac ont été impri-
« mées au moins douze fois, sans compter les éditions
« partielles, qui sont nombreuses ; et cependant on
« peut les ranger parmi les livres qui, sans être rares,
« ne se rencontrent pas souvent dans le commerce de
« la librairie et qui manquent presque toujours dans
« les grandes bibliothèques. Pourquoi ces éditions ont-
« elles disparu ? Sont-elles allées pourrir sur les quais

« et tomber en pâte sous le pilon? Non certainement,
« car elles n'ont jamais été décriées et négligées ; ja-
« mais l'acheteur ne leur a fait défaut et leur prix vé-
« nal s'est maintenu toujours à un taux honnête, sinon
« élevé. L'auteur est connu, l'ouvrage est estimé, mais
« le livre a disparu.

   « Nous sommes convaincu que jusqu'à l'époque de
« la Révolution de 89, les éditions de Cyrano de Ber-
« gerac ont été détruites systématiquement par les soins
« infatigables de la mystérieuse *Confrérie de l'Index.*
« Cette confrérie, qui faisait une guerre sourde et ter-
« rible aux ouvrages des philosophes et des libres pen-
« seurs, qu'elle avait marqués du sceau de l'athéisme
« ou de l'impiété, se recrutait parmi les laïques
« comme parmi les ecclésiastiques ; ses instruments les
« plus actifs et les plus redoutables étaient les confes-
« seurs *in extremis* et les syndics de la Librairie. Dès
« qu'un homme connu par ses opinions hardies en
« matière de religion et noté comme tel sur les listes
« de l'*Index* était dangereusement malade, il se voyait
« circonvenu et obsédé par les gens qui tenaient à
« honneur de le confesser, de le convertir, de lui faire
« faire amende honorable : s'il cédait à ces persécu-
« tions, on lui enlevait ses papiers. Dans tous les cas,
« après sa mort, sa succession avait peine à défendre
« son cabinet et sa bibliothèque contre l'invasion de
« la *Confrérie de l'Index* qui faisait main basse sur
« tout écrit, sur tout imprimé portant témoignage des
« idées antireligieuses du défunt. C'est ainsi que s'épu-
« raient les collections de livres, qui ne pouvaient être
« mises en vente sans avoir subi le contrôle rigoureux
« de deux experts du syndicat de la Librairie. L'objet
« de cette visite était d'extraire et d'anéantir les livres
« *défendus* les uns notoirement désignés par l'autorité

« civile comme dangereux à différents titres, les autres
« condamnés secrètement comme hérétiques par la
« *Confrérie de l'Index*. Quant aux ouvrages inédits
« des écrivains accusés d'être les ennemis avoués ou
« latents de la religion catholique, quant à leurs cor-
« respondances particulières, on les recherchait avec
« un zèle et une persévérance qui triomphaient tôt ou
« tard de la vigilance des parties intéressées. Voilà
« comment nous avons perdu non-seulement tous les
« autographes de Molière, mais encore toutes les lettres
« qui lui avaient été adressées, toutes celles aussi où
« son nom se trouvait mentionné comme si l'on
« eut essayé d'effacer la mémoire de l'auteur du *Tar-*
« *tufe.*

« Il en a été de même de Cyrano, qui était, ainsi
« que Molière, inscrit dans le répertoire des athées,
« par la *Confrérie de l'Index*. De son vivant, on l'eût
« fait brûler vif, si les dénonciations anonymes avaient
« suffi pour allumer un bûcher ; on le menaça, on
« l'inquiéta de poursuites judiciaires ; on fit interdire
« la représentation de sa tragédie d'*Agrippine* ; on fit
« saisir la première édition de sa comédie du *Pédant*
« *joué* ; pendant sa dernière maladie, on tenta de
« s'emparer de ses manuscrits pour les détruire ; mais,
« par bonheur, ses amis, qui les avaient cachés, en
« sauvèrent au moins une partie ; après sa mort on ne
« cessa de faire disparaître les exemplaires de ses œu-
« vres, que le clergé avait mises à l'index, sans que le
« parlement ait jamais autorisé cette proscription, qui
« n'en fut que plus ardente et plus impitoyable. Les
« éditions avaient beau succéder aux éditions, les ou-
« vrages de Cyrano ne parvenaient pas à se répandre ;
« son nom seul était populaire, et encore presque en-
« taché de ridicule ! On ne saurait mieux donner une

« idée de la guerre acharnée faite à l'auteur par la
« *Confrérie de l'Index* qu'en constatant que la pre-
« mière édition des *OEuvres diverses* (1), publiée en
« 1654, ne se trouve plus que dans les grandes bi-
« bliothèques publiques et qu'elle n'a figuré dans au-
« cun catalogue de bibliothèque particulière depuis
« deux siècles. »

La *Confrérie* mystérieuse *de l'Index* était une vraie
trouvaille, une trouvaille d'autant plus heureuse qu'il
a existé au xviie siècle une véritable société secrète
composée de nobles seigneurs, de bourgeois et de
prêtres dont le but était de combattre le libertinage,
d'arriver à la réformation des mœurs, de secourir les
miséreux et de défendre la religion. Cette société secrète, c'est la *Compagnie du Saint-Sacrement* (2) qui a
opéré de 1627 jusqu'à la fin du xviie siècle avec plus
ou moins de bonheur. Ses archives, dans la partie qui
en est connue, montrent qu'elle a cherché à atténuer les
souffrances du peuple en créant des hôpitaux, en portant des secours aux malades, qu'elle a empêché dans
la mesure de ses forces l'accession des protestants aux
charges publiques, etc., etc., mais jusqu'ici on n'a pas

(1) P. Lacroix exagère : Non seulement les Bibliothèques Nationale et de l'Arsenal en détiennent chacune un exemplaire,
mais plusieurs bibliothèques de province la possèdent. Nous en
avons un exemplaire et il en a passé depuis quelques années
plusieurs dans les catalogues des libraires. On se demande d'ailleurs pourquoi la *Confrérie* de l'Index aurait poursuivi la des-
truction de ce volume qui ne contient ni la *Mort d'Agrippine*,
ni l'*Histoire comique !!*

(2) Cette Société a été l'objet de nombreuses publications dont
on trouvera la liste dans l'ouvrage de M. Alfred Rebeillau : *La
Compagnie secrète du Saint-Sacrement,* lettres du groupe pari-
sien au groupe marseillais, 1908. M. Raoul Allier a publié de
nouvelles pièces en 1909, et il est probable que d'autres por-
tions de ses archives seront successivement mises au jour.

encore trouvé l'ombre d'une preuve qu'elle se soit attachée à anéantir les ouvrages contraires à la religion. Peut-être l'apprendra-t-on un jour ou l'autre? Tout est possible. Sans attendre, nous sommes cependant en mesure de la décharger de ce crime en ce qui concerne Cyrano. Un universitaire éminent, M. Daniel Mornet, qui n'a certainement aucune attache ni directe, ni indirecte avec les Jésuites, a publié dans la *Revue d'histoire littéraire de la France* (1) un curieux article : *Les enseignements des bibliothèques privées (1750-1780)* duquel il résulte que sur 500 catalogues d'amateurs vivant au xviiie siècle examinés par lui, il a rencontré 88 exemplaires des *Œuvres de Cyrano* (éd. de 1676 (2), 1681, 1699, 1703, etc., etc.) dans 85 bibliothèques, alors que Théophile, autre libertin, figure pour 66 exemplaires dans 57 bibliothèques et Saint-Amant, bon goinfre mais pas du tout irréligieux, n'est représenté que par 35 exemplaires dans 31 bibliothèques !

Et dire que le « bon Gros » a eu au moins autant, sinon plus, d'éditions que le pauvre Cyrano.

Nous nous garderons d'insister.... pour la mémoire de Saint-Amant !

Ce n'est pas que P. Lacroix ait eu tort d'affirmer la rareté, relative d'ailleurs, des *Œuvres de Cyrano*. S'il en avait cherché la cause sans parti pris, il l'aurait trouvée dans le siècle et demi qui pesait sur ces malheureux bouquins ; ils ne sont, en effet, ni plus, ni moins rares que les 99/100e des livres édités au xviie siècle. Dans cinquante ans, il sera plus facile de ren-

----

(1) Juillet-octobre 1910, p. 487.

(2) Les catalogues de la librairie Durel de ces dernières années ont offert des éditions des *Œuvres de Cyrano* de 1654, 1662, 1663, etc., elles étaient moins recherchées au xviiie siècle parce qu'elles sont moins complètes que les éditions postérieures.

contrer des incunables et des exemplaires des grands écrivains du xvie siècle que des *minores* du xviie siècle. Les premiers, recherchés depuis longtemps, sont par leurs prix élevés sauvés du naufrage, les seconds n'ont jamais eu que de rares amateurs dont les collections trop modestes ne peuvent affronter les salles de l'hôtel Drouot. Ils vont, la plupart du temps, s'échouer dans les boîtes des quais, ou se disperser, par les catalogues des libraires, aux quatre coins de la France avec la certitude de finir tôt ou tard en cornets de papier.

CHARTRES. — IMPRIMERIE DURAND, RUE FULBERT.

www.ingramcontent.com/pod-product-compliance
Lightning Source LLC
LaVergne TN
LVHW050352030726
842520LV00005B/2078